NOUVELLES HISTOIRES MERVEILLEUSES

Pierrot chez Saint Pierre — les bottes merveilleuses

par Babette Pernelle — illustrations d'André Lecoutey

à la librairie Ducrocq — Chulliat éditeur — 55 rue de Seine Paris

NOUVELLES
HISTOIRES MERVEILLEUSES

NOUVELLES HISTOIRES MERVEILLEUSES

Pierrot chez Saint Pierre = Les Bottes Merveilleuses

PAR

BABETTE PERNELLE

ILLUSTRATIONS D'ANDRÉ LECOUTEY

PARIS
Librairie DUCROCQ, CHULLIAT, Éditeur
55, RUE DE SEINE, 55

1921

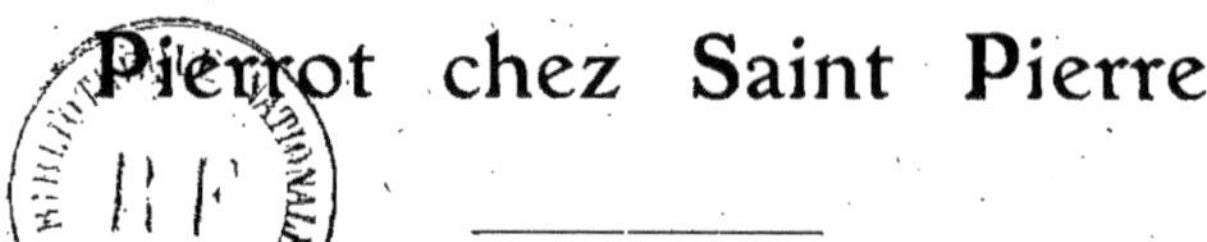

Pierrot chez Saint Pierre

Un bien bon garçon que Pierrot, le petit cordonnier... Honnête, laborieux, obligeant, doux... Et d'une adresse à son métier !... Pas un comme lui à dix lieues à la ronde... Le neuf, le vieux, tout lui est bon, il fait toujours merveille... Aussi, quelle clientèle !...

Mais, depuis son mariage, les pratiques s'éloignent, les commandes se font rares, et, sauf les manants, pas un client sérieux... Bientôt, la besogne fera tout à fait défaut... Pierrot s'appauvrit et la misère est proche... Il ne comprend rien à tout ce changement et souffre cruellement ; d'abord, dans son orgueil de cordonnier, car il aime son métier et le fait bien, et puis ensuite, à cause de Catherine, sa femme.

La question misère ne le trouble pas, lui, il sait se contenter de peu; mais pour Catherine, c'est une autre affaire !... Quelle mégère, mon Dieu !... Son cœur n'est pas précisément mauvais, mais, fille unique et trop gâtée dans sa jeunesse, on l'a rendue orgueilleuse, égoïste, capricieuse. Aussi, du matin au soir, injures et reproches tombent dru comme grêle sur notre pauvre ami...

— Nigaud ! Fainéant ! Maladroit !... Ah ! les belles promesses !... J'allais vivre dans le brocart et la dentelle !... Ton commerce allait bien, dis-tu?... Et pourquoi n'irait-il plus maintenant?... Non, non... tu mentais, tu mentais !...

C'est pourtant elle, la cause de tout le mal... Mauvaise langue, vaniteuse, voulant toujours et dans tout écraser les autres, passer avant tout le monde, on la déteste, et l'on s'en va ailleurs se faire chausser, pour éviter ses caquets, et surtout, pour la punir.

Pierrot est très malheureux et ne sait que faire... Il en appelle à sa raison, à sa tendresse... Autant se jeter dans les orties !...

Un jour, en écossant des fèves (Catherine astreint Pierrot à toutes les besognes), l'une d'elles tombe à terre, une énorme... Elle éclate en tombant, faisant un petit bruit sec, et, à

Voilà qu'il sort une pousse, puis deux, puis une tige, puis un tronc...

l'instant même, aux yeux de Pierrot ébloui, voilà qu'il en sort une pousse, puis deux, puis une tige, puis un tronc, puis des branches, des feuilles, des cosses !... Tout cela monte, monte, et si haut et si vite, que, le temps de le dire, le ciel est percé !...

Quel arbre ! Tout le monde vient voir çà... Mais voyez la malechance !... Dans les cosses, pas de fèves !...

La vie continue donc, triste, pareille...

Pierrot regarde souvent son arbre qui touche au ciel.

Un jour, une idée lui vient !... « Oui, c'est ça... J'irai là-haut trouver le grand saint Pierre, mon patron... Il m'aidera lui, bien sûr. »

Ces natures timides !... Quand ça se met à oser !...

Un matin donc, après une scène charmante avec Catherine, la face balafrée, tout tremblant, n'y tenant plus, Pierrot court vers son arbre et commence à grimper... monte, monte, se hisse, dans les branches et les branchettes, les cosses et les cossettes, les vrilles et les vrillettes... C'était d'un dur !... Il risque cent fois de se casser le cou... Enfin, il arrive à la cime...

La porte du ciel se dresse devant lui !... Une belle porte d'ivoire toute cloutée de gros saphirs...

Pan, pan... Le cœur palpitant, Pierrot fait résonner le lourd marteau d'or, ouvragé par saint Éloi.

Au bout d'un instant, un cliquetis... gling, gling, gling... Ce sont les clefs du grand saint Pierre dont les pas s'approchent. La grosse serrure grince, la porte s'ouvre toute grande... Saint Pierre est là, resplendissant...

Il sourit... Il connaît jusqu'au fin fond les malheurs de Pierrot qu'il aime tendrement... Il l'aime d'autant plus qu'il

Saint Pierre : Qu'est-ce qui t'amène en si haut lieu ?

voit en lui une nature comme la sienne, aimable, conciliante, ennemie des querelles... et il sait par expérience ce qu'il en coûte souvent d'être ainsi fait... Il plaint donc sincèrement notre ami... Cependant, il ne laisse rien deviner de ses sentiments, et c'est d'un ton surpris qu'il s'écrie :

— Tiens !... Bonjour, Pierrot...

— Bonjour, grand saint Pierre, répond Pierrot saluant jusqu'à terre.

— Qu'est-ce qui t'amène en si haut lieu, mon ami ?

Voilà bien le moment de s'ouvrir au grand saint !... Son bon visage, son ton engageant, inspirent la confiance... Mais, de tous les beaux discours qu'il a si souvent composés, Pierrot ne trouve plus un mot !... Ébloui par les cieux magnifiques, tout d'or et d'azur, et aussi par le saint, dont le nimbe étincelle... il se trouble... Et puis maintenant, ses chagrins lui semblent petits... mesquins... Et il n'ose plus... et il répond, comme dans un rêve, sans trop savoir ce qu'il dit :

— Je suis venu... voir... si... par hasard... vous n'auriez pas... des souliers à raccommoder...

— Des souliers !... Ah ! oui, j'en ai !... Et joliment encore !... Tu tombes bien, va... Entre, mon ami, entre, tu vas voir...

Pierrot, tout heureux de cet accueil, suit saint Pierre dans une allée de sable fin comme de la poudre d'or; ils arrivent à une jolie tonnelle sous laquelle se dresse une petite montagne de souliers blancs.

Il pousse un cri d'étonnement...

— Ah ! ah !... fait le saint... te voilà surpris !... C'est que les anges ont fort à faire, vois-tu, car les enfants leur donnent un mal !...

— Les enfants?... Quels enfants?...

— Mais les enfants de la terre, donc !... qui courent toujours comme des petits fous... Sans leurs anges gardiens, qui sont obligés de faire la course avec eux, il ne resterait plus sur terre un seul nez d'enfant présentable !... Et tous les yeux seraient pochés, tous les genoux écorchés, tous les fronts couverts de bosses !... Ah ! ce serait du joli !... Seulement... c'est la ruine des chaussures...

— Pour les petits aussi, grand saint Pierre...

— Oui, oui, je sais bien... Ils coûtent cher à leurs pauvres mamans... Oh ! les cordonniers ont à faire !...

Pierrot rougit jusqu'aux oreilles, et le saint dit, très vite :

— As-tu tes outils, Pierrot?

— Oui, grand saint Pierre.

— Eh bien, je te laisse... Si tu as besoin de moi, tu me trouveras au bout de ce chemin, au bord du lac...

Pierrot ne perd pas son temps, se met à l'ouvrage... Il redresse un talon, applique une semelle, étale des pièces, tape, cogne, rogne, et fait tant et si bien que la nuit le surprend...

Il va trouver saint Pierre, l'aperçoit dans une barque, occupé à pêcher de jolis poissons rouges, qu'il relâche d'ailleurs, aussitôt pris... Ces petits poissons le connaissent bien, et ils se laissent prendre pour lui faire plaisir... Tout autour de la barque, l'eau en est vermeille...

— Ah ! te voilà, Pierrot... Attends, j'arrive...

En deux coups d'aviron, il est au bord et débarque...

Et, tout en s'acheminant vers la tonnelle :

— Tu m'as surpris, dit-il, à mon passe-temps favori... J'aime tant l'eau et les petits poissons... Cela me rappelle la terre... et ma jeunesse... et mon métier... Comme tu le sais, les bêtes n'entrent pas au paradis... mais, ces petits poissons, c'est une gâterie de la part de Notre-Seigneur... Nous étions du même pays, vois-tu... Et puis... l'Église repose sur moi... alors, tu comprends... ça me vaut quelques petits privilèges... Je pêche donc, entre les coups de marteau des élus...

— Il vous en vient beaucoup?

— Heu !... heu !... bien peu... Hélas ! c'est vers l'enfer que tout le monde court... Ah ! là... on y fait une telle queue qu'on parle même de l'agrandir !... Et ici... les serrures se rouillent ! C'est lamentable !...

Ils arrivent sous la tonnelle.

— Tu as tout fini, Pierrot?

— Non, saint Pierre, je n'y voyais plus... Mais j'en ai bien fait la moitié...

Le saint, à la lueur des étoiles, grosses comme des soucoupes, examine l'ouvrage, minutieusement, sur toutes les coutures.

« C'est très bien travaillé, mon ami, très bien, très bien, très bien... Tu es un excellent ouvrier et tu mérites une belle récompense... Que veux-tu que je te donne?

— Mais... ce que vous voudrez, grand saint Pierre...

Le saint réfléchit un instant, caressant sa longue barbe blanche...

— Attends, dit-il, je reviens tout de suite...

Bientôt, en effet, il reparaît, portant un tamis.

— Tiens, dit-il, avec ce tamis, tu auras toujours du pain sur la planche... Quand tu diras : « Passe, tamis », il en tombera de la farine... Regarde...

De ses deux mains, il élève le tamis, prononce les mots magiques...

A l'instant, une neige fine et serrée se met à tomber...

— Comment !... C'est de la farine !

— Mais oui... goûte plutôt...

Pierrot goûte...

— Ah ! merci, saint Pierre, merci... s'écrie-t-il, débordant.

Et il ajoute, à part soi : « Si mon métier ne va pas, nous pourrons en vendre... Nous ne manquerons plus de rien... Ah ! qu'on va être heureux !... »

Avant de le congédier, le saint lui dit : « Tout ceci est un grand secret qu'il ne faut dire à personne... et surtout, ne va pas raconter à ta femme que tu es venu ici... elle serait capable de monter... et... tu comprends?... »

Pierrot comprend très bien et promet le silence...

Le voilà dehors... Il s'agit de redescendre !... C'est dur à la montée, les arbres... mais, à la descente !... Et avec un tamis sans anses !... Et à la nuit !... Enfin, soutenu par la joie, il en vient à bout... non sans belles écorchures !... Nuit noire quand il touche terre... Malgré son trésor, il n'ose rentrer chez lui, à cette heure avancée... Non, il réveillerait Catherine, endormie déjà, c'est certain... Il ira passer la nuit à l'auberge... Ça lui coûtera bien quelques sous... mais qu'importe, à présent?...

Devant une grande flambée de sarments, la belle Marianne se chauffe... Une coiffe aux ailes légères encadre bien son fin visage... Les flammes mettent des éclairs dans ses longs pendants d'oreille, dans sa triple chaîne d'or, dans sa croix de pierreries... C'est une vision presque magique...

Oui... oui... elle est très belle, Marianne... Mais regardez ces lèvres minces... et ce regard faux... et sauvez-vous !... Car elle est cruelle, malhonnête, et dure au pauvre monde... et capable de tout pour satisfaire son orgueil...

Au bruit de la porte, elle se retourne... Pierrot est là, son bonnet à la main...

— Que veux-tu? dit-elle, d'un ton dédaigneux.

Pierrot s'avance timidement.

— Pourriez-vous, Madame, me donner pour la nuit une toute petite chambre ?

Marianne, sans répondre, appelle d'une voix rude : « Suzon ! »

Suzon paraît, l'air effaré...

— Va préparer la mansarde...

Pierrot reste là... Il regarde les beaux pendants de l'aubergiste... et sa chaîne d'or... « Ah ! se dit-il, bientôt, j'en donnerai à Catherine ! »... Et de douces visions lui passent dans l'esprit !..

Mais voilà Suzon... La mansarde est prête...

Avant de monter, Pierrot prie Marianne de lui garder son tamis jusqu'au matin... Il a entendu dire que dans les auberges, on confie souvent aux maîtres les objets précieux.

— C'est bien. Laisse-le là...

— Mettez-le bien de côté, surtout, Madame...

— Oui, oui... Bonsoir...

— Et surtout, ne dites pas : « Passe, tamis... »

— Non, non... Mon Dieu ! est-il assommant !.

Pierrot monte... Épuisé par cette journée d'aventures, il est vite endormi...

A peine seule, Marianne regarde le tamis...

— « Passe, tamis ! »... Que veut-il dire?...

Elle prend le tamis, le tourne, le retourne et dit enfin : « Passe, tamis »...

La farine tombe...

— Qu'est-ce?

Elle en prend une pincée, la flaire, la goûte...

— Mais... c'est de la farine !... Ah ! qui l'aurait cru?... Ce vilain manant... un tel trésor !..

Puis, la peur la prend. « Pourquoi me l'a-t-il confié?... Serait-ce un piège? »

Elle court vite à la mansarde, entr'ouvre doucement... Pierrot dort à poings fermés...

— C'est un nigaud... qui ne mérite point son trésor... dit-elle... J'ai un tamis tout pareil.. demain, il l'aura... Pour moi, je garde celui-ci...

Donc, au matin, Pierrot partit avec le faux tamis...

Catherine a passé une nuit atroce, dans l'angoisse et la peur. Elle ne s'est pas couchée. Elle tremble que Pierrot, las enfin de sa méchanceté, ne l'ait quittée pour de bon, comme il l'en a souvent menacée... Elle pleure, elle se lamente... « Ah ! mon bon petit Pierrot, reviens, reviens... Je serai bonne... Je serai douce... Mon Dieu ! mon Dieu ! où est-il? Il s'est tué peut-être... » Et elle pleure à chaudes larmes...

Enfin, l'aube paraît, puis le jour... Tout à coup, elle distingue des pas... Oui... c'est lui !... Il revient !...

Rassurée maintenant, honteuse et furieuse de sa faiblesse, tout son fiel lui remonte... Elle saute sur le manche à balai, et quand Pierrot pousse timidement la porte :

— Tiens ! fait-elle.

— Mais Pierrot connaît ces douces habitudes... Il tire vivement la porte à lui... et le balai se trouve pris !... Alors, Catherine, tirant la porte du dedans, Pierrot du dehors, il essaient de s'entendre...

— Voyons, Catherine, voyons... Calme-toi... Sois raisonnable...

— Me calmer, misérable !... Me calmer... infâme, scélérat !... qui oses m'abandonner, me laisser seule et sans défense, exposée aux voleurs, aux assassins, à tous les dangers... Me calmer !... Ah ! non, non, je ne me calmerai pas... Je veux me venger...

— Voyons, Catherine, voyons...

— Non, non, je veux me venger...

Elle s'acharne, se meurtrit les doigts... Mais Pierrot est autrement fort qu'elle !...

— Veux-tu lâcher, misérable !...

— Catherine, sois raisonnable...

— Non, non...

Elle disait non comme « naou », comme une chatte en colère...

— Écoute, Catherine...

— Naou...

— Si tu savais ce que j'apporte, tu serais si contente...

— Veux-tu lâcher?

— C'est un vrai trésor...

— Menteur !...

— Je t'assure... Je l'ai là... Regarde plutôt...

Son œil rond apparaît à la rainure...

— Voyons ce trésor, ricane-t-elle.

— Ce tamis...

— Ah ! ah ! ah !... tu crois m'attraper avec de pareilles sornettes?... Bêta, va...

Et elle se remet à tirer...

— Voyons, Catherine, écoute-moi...

— Naou, naou...

— Je te dis qu'avec ce tamis, tu auras toujours du petit pain mollet...

— Et de la galette, même !...

— Oui, oui... de tout... de tout... C'est un talisman céleste... Crois-moi, Catherine... Pourquoi te mentirais-je?...

Elle ne tire plus que faiblement... Sa curiosité l'emporte... car elle est très curieuse.. C'est le cas chez bien des femmes.... comme chez bien des hommes, d'ailleurs...

— Ah ! dit-elle, je voudrais bien voir çà !...

— Si tu restes tranquille cinq minutes, tu le verras...

— Eh bien, rentre... Mais si tu m'en contes... gare à toi !...

Elle lâche la poignée et Pierrot entre... Catherine, un peu honteuse, lui tourne le dos et tapote au carreau...

Et lui, doucement :

— Va, Catherine, va chercher une belle serviette blanche... et tu verras...

— Une serviette blanche !

— Oui... une belle serviette blanche...

— C'est avec une serviette?.

— Va, te dis-je...

— Mais... comment?...

— Va, Catherine...

— Mais...

— V..... a !...

Enfin, n'y tenant plus, elle monte vite, rapporte la serviette et l'étale sur la table...

— Maintenant, regarde bien...

Catherine est là... les yeux écarquillés...

Pierrot tient le tamis, en l'air, au-dessus de la serviette...

— Passe, tamis, dit-il.

— Rien !... Une sueur froide lui couvre le front... Puis, il répète un peu plus fort :

— Passe, tamis...

Rien !... Son cœur bat à se rompre... Ses oreilles bourdonnent.. Il reprend, plus fort encore et secouant le tamis :

— Passe donc, tamis !...

Rien !...

— Ah !... tu te moquais de moi !... j'en étais sûre !... Attends un peu !... Ah ! tu vas me le payer !...

Elle ramasse le tamis que Pierrot a jeté et fonce sur son mari !...

Mais lui, ne reste pas là, à se tâter le pouls !... En deux bonds, avant même que Catherine ait eu le temps de rien voir, il est à son arbre. et grimpe, grimpe éperdument... Hardi là !... Hardi là !... mon pauvre Pierrot !... Il entend les cris de sa femme qui le cherche... Hardi là ! Hardi là !... Enfin... c'est le grand silence des hauteurs que trouble seul un petit bruissement

Ah ! Tu vas me le payer... (page 14).

des feuilles... Il ne voit plus que des branches et des branchettes, des cosses et des cossettes, des vrilles et des vrillettes... A bout de souffle, il s'assied sur une grosse branche...

Tout s'entrechoque dans son esprit... La déception, le chagrin, l'angoisse, le bouleversent... Il reste là, terrassé... Que s'est-il donc passé? Pourquoi son tamis ne fonctionne-t-il plus?... Que faire?... Que faire?...

Enfin, le repos lui fait du bien, le calme... le courage lui revient... et il se reprend à penser... Oui... oui... il n'y a que ça à faire... Remonter là-haut et tout dire à saint Pierre... Il ne faut plus ni trembler ni hésiter... Saint Pierre est si bon... Il le secourra, c'est certain... Allons, du courage... en avant !...

Sur ces pensées d'espoir, il reprend son élan, et arrive bientôt au céleste portique.

Pan, pan...

Gling, gling, gling...

Saint Pierre paraît, toujours souriant... Il feint encore la surprise, connaissant bien pourtant le gros chagrin de Pierrot.

— Comment, Pierrot, te voilà revenu !...

Voilà Pierrot repris de peur et qui n'ose plus rien dire !... Il se met à bredouiller...

— Je... je... suis venu... pour f... fi... finir les sou... sou... sou...

Impossible d'achever... il tremble... il est en nage...

Saint Pierre en est navré, et d'une voix plus douce que jamais, lui dit :

— Oui, oui... viens, mon ami... Tu nous rends un si grand service... Entre, mon Pierrot...

Comme la veille, Pierrot s'installe sous la tonnelle, et saint Pierre retourne à sa barque... A la tombée de la nuit, il revient près de son ami.

— Saint Pierre !... lui crie Pierrot, de loin, j'allais justement vous trouver, car ça sent le brûlé...

— Le brûlé !...

— Mais oui... Sentez vous-même, saint Pierre...

— Tiens, oui !... Qu'est-ce que...? Ah ! je sais !... Ce sont les âmes du Purgatoire...

— Les âmes... !

— Oui... Il nous est entré une fournée ce matin... Et... elles nous arrivent toujours avec une telle odeur de grillade que ça nous prend tous à la gorge... Alors, nous les mettons en quarantaine... Elles sont là, tout près. C'est pourquoi tu as eu des bouffées... Mais... on dirait que tu as fini?...

— Oui, en effet, je tiens le dernier... Encore deux points... là... et... là... C'est fait...

— Ma foi ! C'est magnifique !... L'ouvrage te fond dans les mains !...

Il examine le travail.

— C'est parfait, parfait... Que vais-je te donner cette fois?

Pierrot veut parler... Impossible !... sa voix s'étrangle...

Et le saint, d'ailleurs, est déjà parti...

Il revient avec un joli petit ânon en peau.

— Tu vois cet âne? dit-il. Eh bien, quand tu diras : « Braie, mon âne »... il lui tombera des oreilles une averse de louis d'or... Regarde... « Braie, mon âne... »

Hi han !... hi han !... hi han !...

Et à chaque « han », une pluie d'or !...

Pierrot est ébloui !... Pourtant, il veut parler au saint, lui tout dire... Mais il ne peut trouver un mot, et répète, comme une mécanique :

— Merci, merci, mon saint patron, merci...

Il se retrouve dehors, abasourdi... et redescend, affreusement triste...

Quand il pose pied à terre, la nuit est venue... Il s'en va à l'auberge...

Comme la veille, les sarments flambent chez Marianne... Elle est encore là, belle, rayonnante, parée... Quand Pierrot entre, elle a un beau sourire...

— Ah ! Pierrot... Quelle bonne surprise !...

— Je voudrais une toute petite chambre, Madame...

— Oui, oui, certainement... Mais avance, avance... viens te chauffer... Les nuits sont si fraîches... Tu dois être transi... Oh ! la jolie petite bête ! s'écrie-t-elle, en voyant l'ânon... Où l'as-tu achetée?

— On me l'a donnée, Madame...

— Ah !...

Puis, d'une voix douce, elle appelle « Suzon ! ».

Suzon paraît.

— Va préparer la chambre bleue pour Pierrot... Fais vite, ma fille...

Suzon sort, non sans se retourner... C'est sa maîtresse qui parle?... Que se passe-t-il donc?

Pierrot s'assied, se chauffe... Il se sent tout heureux et tout aise...

— La chambre est prête, Madame, vient dire Suzon.

Alors, Pierrot, avant de monter :

— Voulez-vous mettre mon âne en lieu sûr, pour cette nuit, s'il vous plaît?

— Mais certainement, Pierrot... Laisse-le là, mon ami...

... Et les louis pleuvent !... Il en roule partout !...

— Surtout, ne dites pas : « Braie, mon âne... »

— Oh ! non, non, Pierrot...

— Alors, bonsoir, Madame...

— Bonsoir, Pierrot.

A peine est-il monté qu'elle saisit l'animal.

— Braie, mon âne...

Hi han !... hi han !... hi han !...

Et les louis pleuvent !... Il en roule partout !... Ah !...

Une fois revenue de sa surprise, elle se dit : « Il me semble que l'ânon de mon Charlot est tout pareil... Voyons un peu... »

Elle court dans la chambre de son petit garçon et redescend avec un ânon ressemblant tellement à celui de Pierrot qu'il est impossible de les distinguer.

Le lendemain donc, elle donne à Pierrot l'ânon de Charlot...

Le voilà en route !... Il lui faut du courage, car Catherine doit bouillir...

Elle est là, en effet... Elle l'a entendu, et se tient cachée, derrière la porte, armée d'une grosse matraque... Pierrot, qui redoute un méchant tour, ne pousse pas la porte, mais, au contraire, comme la veille, il la tire à lui... Catherine, dépitée, ne se tient pas pour battue... Elle ouvre doucement la fenêtre et saute par-dessus... Mais, ce faisant, elle s'empêtre dans sa jupe... et patatras ! la voilà par terre et qui lâche son gourdin !... Pierrot s'en saisit, entre rapidement, et avant que sa femme soit sur pied, la fenêtre est refermée et la porte verrouillée !...

Aussitôt relevée, furieuse, elle se rue sur la porte et cogne des pieds et des poings...

— Ouvre, misérable !...

Et Pierrot, comme Catherine, crie : « Naou ! »

Elle redouble de coups, se meurtrit les poings...

— Veux-tu ouvrir !...

— Naou !...

— Ouvre...

— Seras-tu sage ?...

— Ouvre...

Ouvre, Misérable !...

— Si tu es sage, Catherine, tu ne le regretteras pas...

— Ah ! oui... la belle histoire d'hier !...

— Non, non, Catherine... C'était de la Saint-Jean, hier... Avec ce que j'ai aujourd'hui, tu auras un château, des carrosses, des laquais, des diamants... tous les plus beaux trésors...

— Allons donc !...

— Je t'assure, Catherinette...

— Et qu'est-ce qui me donnera ça ?...

— Regarde...

Il lui montre l'ânon...

— Ah ! ton frère !... Vous vous ressemblez bien !...

Et elle se remet à glapir et à ruer...

— Veux-tu ouvrir !...

— Seras-tu sage?...

— Ouvre...

— Pas sans promesse... Seras-tu tranquille?

— Bon... oui...»

Pierrot ouvre.

— Mets-toi là et regarde...

Il pose l'ânon sur la table... Son cœur bat avec violence, et, d'une voix étouffée :

— Braie, mon âne, dit-il.

Rien !...

— Braie, mon âne !

Rien ! !...

— Braie, mon âne !

Rien ! ! !...

— Ah ! fait la tigresse !...

Pierrot est déjà au milieu de son arbre !... Il monte sans arrêt jusqu'au paradis !... Il dira tout cette fois !...

Il secoue frénétiquement le gros marteau !...

Panpanpanpanpanpanpanpanpanpan !...

Glinglinglglglglglglglglgl !...

La porte s'ouvre... Saint Pierre est là, tout rouge, essoufflé :

— Comment ! C'est toi, Pierrot !... Mais qu'est-ce qui te prend de nous faire un train pareil?

Mais, devant le visage bouleversé de Pierrot, il s'arrête, ne gronde pas...

— Qu'y a-t-il donc? dit-il doucement.

— J'ai à vous parler, grand saint Pierre.

Parle, mon ami, dit Saint Pierre (page 25).

— Bien... Entre, mon ami...

Ils s'en vont au petit lac et s'asseyent... Les poissons rouges, voyant leur ami, se massent au bord de l'eau, frétillent à qui mieux mieux, pour attirer son attention.

— Tout à l'heure, mes mignons, dit le saint, tout à l'heure... Allez faire un tour... J'ai à causer avec Pierrot...

Puis, se tournant vers son compagnon :

— Parle, mon ami, je t'écoute...

— Eh bien, grand saint Pierre... le tamis et l'âne que vous m'avez donnés... quand j'arrive chez moi, ils ne marchent plus...

— Ah !... As-tu bien dit : « Passe-tamis » et « Braie, mon âne »?...

— Eh ! oui, saint Pierre, par trois fois même...

— Et rien n'est venu ?

— Rien...

— Tiens... tiens... »

Il reste quelques instants pensif, puis se lève :

— Je reviens tout de suite... Je vais t'apporter quelque chose qui va marcher, sois-en sûr...

Il revient avec un fouet à vingt cordes, terminées chacune par un gros clou à double tête.

— Quand tu diras « Fouette, fouet », ça marchera, je ne te dis que ça... Et retiens bien ceci : Tout le monde peut le faire fouetter, ce fouet, mais toi seul, tu entends? toi seul, auras le pouvoir de l'arrêter... Tu n'auras qu'à dire : « Arrête, fouet ». Je vais te faire voir comme ça danse... « Fouette, fouet » !...

Pierrot se bouche les oreilles... On eût dit mille coups de pistolet ! durs, secs, cassants !... Et les cordes sifflaient, claquaient, se tordaient méchamment comme des serpents... Le fouet se jette sur un buisson !... En un clin d'œil, fleurs, feuilles, branches, tout est par terre, en miettes !...

Pierrot est tout pâle...

— C'est effrayant, dit-il...

— Oui, c'est vrai... Mais avec ça, plus rien à craindre... Tu vas nager dans la félicité...

Maintenant, adieu, mon ami... il faut que je te chasse, car j'ai mes entrées d'âmes à inscrire au grand livre.. Tu sais? nos fricassés d'hier?...

Pierrot est navré... Un fouet !... C'est avec un fouet que saint Pierre veut le consoler !... A quoi lui servira de fouetter Catherine? Cela lui rendra-t-il son âne et son tamis?...

Pourtant, il ne laisse rien voir de sa grosse déception et remercie de son mieux...

Quand les grands donnent, il faut sourire...

— Adieu, Pierrot, bonne chance !...

— Adieu, saint Pierre...

Et il redescend, la mort dans le cœur...

Il a presque envie de jeter le fouet... Seuls, son affection et son respect pour le grand saint Pierre l'arrêtent.

En arrivant à terre, sans hésiter une seconde, il va tout droit vers l'auberge.

— Il n'y a que là qu'on me fait bonne mine...

Il trouve Marianne, toujours devant son âtre... Elle est parée comme une châsse... et ses bagues et ses boucles sont resplendissantes... Elle se retourne en entendant le bruit de la porte :

— Oh ! ce cher Pierrot ! qu'il est gentil de venir ainsi !...

— Je voudrais une petite chambre...

— Oui, oui, bien sûr... Approche-toi du feu...

Et, d'une voix de cristal : « Suzon » fait-elle.

Voilà Suzon, la bouche ouverte...

— Va préparer la chambre rose... Et allume un bon feu... Et bassine le lit... Va, ma fille, va, dépêche-toi... Ne fais pas attendre...

Suzon sort en secouant la tête. « Ça... c'est pas clair... »

— Tu profiteras d'une meilleure chambre, Pierrot...

— Vouz êtes bien bonne, Madame... J'en avais déjà une très belle hier soir... et c'était bien bon marché...

— Tu as si honnête figure, vois-tu, qu'on est content de t'obliger... Mais, assieds-toi, Pierrot, mets-toi à ton aise... Tu as l'air si las...

— Quelle brave femme ! pensait Pierrot...

Il eût voulu toujours rester...

— La chambre est prête, Madame...

Pierrot se lève...

— Voudrez-vous bien garder mon fouet, s'il vous plaît?

— Mais certainement...

— Surtout ne dites pas : « Fouette, fouet... »

— Non, non, Pierrot, sois tranquille...

— Alors, bonsoir, Madame...

— Bonsoir, Pierrot... Bonne nuit !...

Qu'elle est jolie et bien nommée, la chambre rose !... Un épais tapis rose où le pied s'enfonce... roses les murs... roses les rideaux... rose le cristal des candélabres... roses les bougies... Et sur cette joie des yeux, une grande flambée jette à flots sa chaude et vive lumière... Et les flammes qui dansent font danser toutes les petites ombres...

Pierrot a vite fait d'ôter ses pauvres hardes qu'il jette dans un recoin... Il se couche entre les draps parfumés et bien chauds... s'allonge sur un matelas douillet... sa tête s'abîme dans un mol oreiller... Qu'il est bien !... Ah ! que Catherine est loin !... Et saint Pierre !... Et Marianne !... et tout !... Une douce torpeur l'envahit, ses membres s'engourdissent, ses paupières s'abaissent... Bonne nuit, Pierrot !...

. . . .

Tout à coup... Pierrot ouvre les yeux !

Il dresse l'oreille !...

Il saute à bas du lit !...

— Grand Dieu ! la maison brûle ! s'écrie-t-il...

En deux temps, il s'habille, descend quatre à quatre, arrive à la salle, ouvre la porte...

Quelle scène !...

Marianne, la belle Marianne, les yeux hagards, les traits convulsés, la bouche tordue par la douleur, crie, court, bondit... et le fouet la suit... claque, craque, coupe, cingle, lacère, sans répit, sans relâche... Ah ! la belle Marianne !... Ses robes sont en loques !... Son corps n'est qu'une plaie !...

Elle aperçoit Pierrot.

— Pierrot ! Pierrot ! Arrête ce maudit fouet !...

— Ah ! voleuse ! Ah ! coquine !... Ah ! je comprends maintenant... Fouette, fouet ! Fouette, fouet !

Et le fouet de claquer !...

Et Marianne de danser !...

— Arrête ! arrête ! au nom du ciel !...

— Rends-moi mon âne et mon tamis !...

— Je ne les ai pas ! Je ne les ai pas !...

— Menteuse !... Fouette, fouet ! fouette, fouet !...

— Arrête, Pierrot, arrête !...

— Rends-moi mon bien !

— Oui, Pierrot, oui...

Elle ouvre une armoire.

— Tiens, les voilà !...

— Arrête, fouet..

Le fouet s'affaisse...

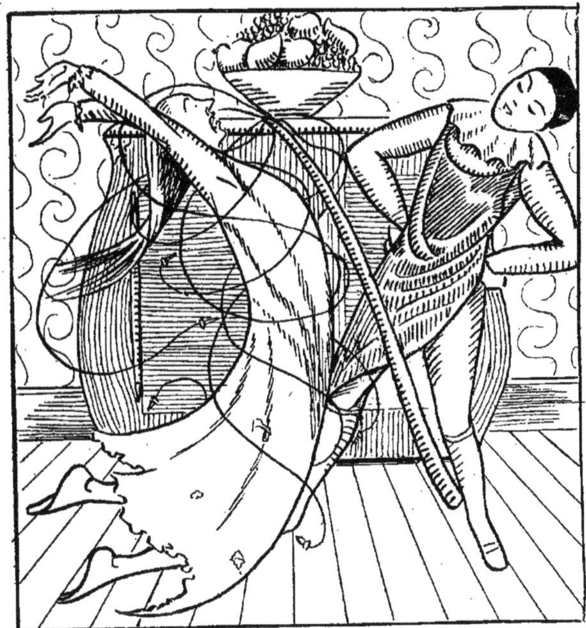

Fouette, fouet ! fouette, fouet !...

Sans une parole de plus, Pierrot prend son âne, son tamis et son fouet... et va trouver Catherine...

Elle est là, assise, devant la table, la tête dans les mains... Elle rumine pour le matin une vengeance diabolique.

— Ah ! il va me le payer !...

Pierrot entre brusquement, franchement...

— Ah !...

Catherine se dresse, court sur lui, les griffes en avant... Pierrot se jette de l'autre côté de la table, et nos époux parlementent...

— Veux-tu te tenir tranquille, Catherine !...

— Naou...

— Tu vas le regretter...

— Je veux me venger...

— Veux-tu te tenir tranquille, encore une fois?

— Naou...

— Veux-tu... une?

— Naou...

— Veux-tu... deux?

— Naou...

— Veux-tu... trois?

— Naou... naou... naou !...

— Réfléchis bien... Tu vas le regretter...

— Naou... naou... naou !...

— Eh bien, fouette fouet !

Seigneur !...

— Aïe... aïe... aïe.. Arrête, arrête !

— Vas-tu être sage?...

— Aïe... aïe... aïe... Arrête... A... ïe !..

— Vas-tu être sage?...

— Oui, misérable...

— Ah ! mais, pas comme ça !... Oui, mon petit Pierrot chéri...

— Oui, mon petit Pierrot chéri...

— A la bonne heure !... Arrête, fouet...

Catherine s'écroule, anéantie... Elle pleure à sanglots... o... o...o . .

Une fois un peu calmée : « Maintenant », dit Pierrot, « va chercher une belle serviette blanche... »

—Naou !...

Pierrot prend son fouet...

Frrrt !... Catherine est en haut, puis en bas, elle étale la serviette, et vite, et bien, et sans mot dire...

Pierrot alors prend le tamis.

— Passe, tamis...

Et ça tombe, ça tombe, ça tombe !

— Qu'est-ce que c'est que ça?

— Goûte... — Pierrot jubile !...

— Mais... c'est de la farine !...

— Hé oui... pour tes pains mollets !...

— Et ma galette !... Ah ! mon Pierrot !...

Et elle oublie ses peines !... La voilà qui saute, qui rit !...

— Attends, Catherine, attends, ma mie. Ce n'est pas tout...

On enlève la serviette pleine de farine et Pierrot prend l'ânon.

— Braie, mon âne...

Hi han !... hi han !... hi han !...

Et l'or ruisselle !...

Catherine ne se possède plus !... Elle saute au cou de Pierrot, l'entraîne, et les voilà tous deux dansant comme des fous autour de la table !...

— Demain, se dit Pierrot, j'irai là-haut remercier saint Pierre.

Mais, quand il voulut monter, l'arbre avait disparu !...

. . . .

Comme l'avait promis Pierrot, Catherine eut un palais, des carrosses, des laquais, des robes superbes, des joyaux princiers... Il fallait la voir dans sa voiture dorée, traînée par six chevaux .. Toute couverte de soie et de dentelle, elle se prélassait, souriante, heureuse, sur une belle peau de tigre du Bengale... Ah ! quelle félicité !...

Pierrot aussi était content... Il recevait ses amis, leur faisait fête, les comblait... Mais ses meilleurs instants, il les passait sous une jolie tonnelle qu'il s'était fait bâtir dans son immense domaine... Là, tranquille, loin des regards, il faisait de bonnes et belles chaussures qu'il distribuait à tous les malheureux, avec un beau louis d'or et de bonnes paroles...

Rien ne venait troubler ce bonheur sans mélange... Quelquefois, cependant... Catherine grognait, grondait, grommelait... On sentait l'orage... Mais, quand Pierrot voyait les choses sur

Catherine !... Faut-il remonter l'horloge?

le point de mal tourner, il décrochait son fouet et disait... comme ça... tout doucement, tranquillement, sans esbrouffe :

— Catherine ! Catherine ! Faut-il remonter l'horloge?

C'était magique !... Sur le champ, le ciel s'éclaircissait... et Catherine était là, douce comme un petit agneau... « Mon petit Pierrot par ci... Mon petit Pierrot par là... »

Et tout allait mieux que jamais !...

Par ce moyen, les jours s'écoulèrent, harmonieux, paisibles... Nos deux amis vécurent heureux et bien longtemps, aimés et estimés de tous.

Les Bottes Merveilleuses

Jacques avait douze ans, sa sœur Jacqueline onze. Ils habitaient un joli petit village, niché dans une riante vallée. Leur père était tailleur et travaillait dur pour nourrir tout son monde. Leur mère, hélas ! n'étant plus, une bonne vieille grand'tante, mère Babet, était venue, malgré son grand âge, prendre la direction du ménage... Mais Jacques et Jacqueline étaient des enfants bons et courageux et secondaient de toutes leurs forces leur père et mère Babet.

Ces deux enfants s'aimaient tendrement. Toujours ensemble, ils causaient de mille choses. Leur grande passion, c'était les voyages, les grands voyages. Ils auraient voulu parcourir toute la terre, voir tous ces pays étranges, curieux, dont leur parlait souvent leur maître, le bon père Anselme qui, lui aussi, rêvait de grandes équipées, mais que son pauvre boursicot rivait au piquet, et qui se consolait en racontant à ses élèves tout ce qu'il avait lu ou entendu dire. Il mettait dans ses enseignements tant d'ardeur et d'éloquence qu'il enflammait toutes les jeunes imaginations, surtout chez Jacques et Jacqueline, particulièrement vifs et intelligents.

C'était une toute petite école, basse et sombre, où filles et garçons, une trentaine en tout, travaillaient ensemble dans la même pièce, tous serrés sur des bancs, les uns contre les autres; c'était fort incommode et l'on s'y trouvait bien à l'étroit, mais on était trop pauvre pour faire autrement.

Un jour d'été, Jacques et Jacqueline, assis dans leur petit jardinet, causaient grandes aventures.

— Ah ! Si l'on était riche ! disait Jacques... Que de belles choses on pourrait voir !...

— C'est plutôt une bonne fée qu'il faudrait, répondit Jacqueline. On peut tout faire avec les fées.

— C'est vrai.

Bonjour, mes petits... Je viens m'asseoir un instant.

A ce moment, une bonne petite vieille ouvre la barrière du jardinet et s'avance vers les enfants.

— Bonjour, mes petits.

— Bonjour, Madame, répondent Jacques et Jacqueline qui se lèvent bien vite.

— Je vais m'asseoir un instant pour me remettre un peu, car je fais un long voyage.

— Un long voyage ! s'écrient les petits. Ah ! que nous voudrions, nous aussi, faire un long voyage !

— C'est facile.

— Ah ! pas quand on est pauvre !

— Allons donc ! Moi, je connais un moyen de voyager partout sans dépenser un sou.

— Oh ! dites-le-nous, s'il vous plaît !

— Oui, vous m'avez l'air de bons enfants, et je vais vous contenter. Voici ce que c'est.

Elle tire de sa poche quelque chose gros comme une noix qu'elle déplie.

— Vous voyez ça ?

— Oui...

— Eh bien ! ce sont des bottes de sept lieues.

— Des bottes de sept lieues !... Comme celles du Petit Poucet !

— Oui, mais perfectionnées et beaucoup plus commodes... Elles vont à tous les pieds. On les passe par-dessus ses chaussures, et elles sont tissées d'une gaze si fine et transparente qu'il est impossible de les voir. Elles résistent aussi au feu, à l'eau, au frottement, à tout enfin. Essayez-les, vous allez voir.

En effet, les bottes vont comme un gant.

— Et sept lieues au pas, vous entendez !

— Mais si nous voulons marcher comme tout le monde?

— Vous n'aurez qu'à les ôter !... Comme moi, lorsque je suis entrée chez vous... Et n'oubliez pas de toujours les enlever à l'intérieur des maisons, car, même avec mes bottes, on ne peut pas passer au travers des murs. Je dois vous dire aussi que lorsque vous voudrez passer par-dessus les maisons, les arbres, les montagnes, les cours d'eau, les océans, vous n'aurez qu'à taper du talon. Rien donc ne vous arrêtera... Eh bien ! Êtes-vous contents?

— Oh ! oui, bonne fée... Mais ne pourriez-vous nous accompagner pour nous apprendre un peu, car nous pourrions bien nous tromper et faire des sottises.

— Ah ! mais, je n'ai pas le temps de m'occuper de ça, vous apprendrez tout seuls... Maintenant, écoutez bien ceci... Dans un an, jour pour jour, je reviendrai chercher mes bottes.

— Dans un an ! firent les enfants d'un air consterné.

— Oui... C'est que vous en aurez fait, du chemin, pendant ce temps-là, et vous aurez pu visiter toute la terre, si vous savez bien diriger vos pas. Ensuite, je les porterai à d'autres enfants sages, car je ne les confie jamais qu'à des enfants dont je sois sûre.

— Vous n'en donnez qu'aux enfants, de ces bottes?

— Oui, généralement... Pourquoi?

— C'est que notre bon maître, le père Anselme, serait bien content d'en avoir une paire... Il aime tant les voyages.

— Vous croyez que ça lui ferait plaisir?

— Oh ! oui, oui.

— Eh bien ! je verrai... Mais aujourd'hui, je suis trop pressée, il faut que je reparte tout de suite... A propos, ne parlez de ces bottes à personne.

— Non, bonne fée.

— Bonne fée, voudriez-vous nous dire votre nom, s'il vous plaît?

— Je suis la fée Vagabonde.

Elle chausse ses bottes, se lève. « Adieu, mes petits ! ». Et elle part comme une flèche ! A peine voit-on par où elle a filé.

Les enfants sont tout heureux...

A ce moment, la porte de la chaumière s'ouvre, et mère Babet crie :

— Pensez-vous à l'école, mes enfants? Apprêtez-vous, vite. Vous n'avez plus qu'un quart d'heure.

— Merci, tante, nous partons.

— Allons-y avec nos bottes, dit Jacques. Ça ira plus vite.

— Oui.

Ils prennent leur course. L'école est à cent pas environ... Mon Dieu ! que se passe-t-il?... Tout file, comme dans un train lancé à toute vapeur... forêts, vallées, rivières, villes, villages !...

Ils s'arrêtent effrayés, ne se reconnaissent plus.

— Où sommes-nous donc?

— Mais... Jacqueline... c'est la Turquie !

— La Turquie !...

— Mais oui, regarde...

En effet, partout des fez, des turbans, des femmes voilées, des mosquées, des minarets... Et une chaleur !... Oui, oui, c'est bien la Turquie...

— Eh bien, merci !... Et l'école?...

— Retournons vite...

Ils prennent leurs jambes à leur cou et les voilà de retour au village où tout est calme comme à leur départ... Ils enlèvent prestement leurs bottes et arrivent à l'école en même temps que le maître.

— C'est bien, mes enfants. Toujours à l'heure exacte. Vous êtes des modèles, dit-il.

Jacques et Jacqueline croient qu'on se moque d'eux et rentrent tout penauds. Mais non, c'est très sérieux... Ils ne sont pas les derniers... En voilà d'autres qui arrivent après eux...

Ils sont abasourdis !... En moins de dix minutes, la Turquie, aller et retour !..

Le maître s'installe, commence. C'est une leçon d'arithmétique... Chose étonnante, Jacques et Jacqueline, toujours si attentifs, sont distraits. Jacques surtout. Il tâte ses bottes dans sa poche et étourdiment les met à ses pieds.

— Jacques, fait le maître, laisse-donc tes souliers tranquilles et viens au tableau nous faire ce problème.

Jacques se lève, avance le pied... et bang ! va s'aplatir sur le tableau !

Le maître s'approche.

— Eh bien... quoi ! Qu'est-ce qui te prend? Perds-tu la tête?... Retourne à ta place...

Jacques obéit... Mais le maître est sur son passage... Vlan ! le voilà par terre et Jacques qui culbute par-dessus !

Toute la classe est sens dessus dessous. On aide le maître à se remettre sur ses pauvres jambes.

— Vite, vite, enlève tes bottes ! souffle Jacqueline à son frère, au milieu du désarroi.

Le père Anselme est tout tremblant. Il regagne son pupitre en boitillant.

— Arrive ici, Jacques.

— Pardon, maître, pardon. Je ne l'ai pas fait exprès. Je n'ai pas pu m'arrêter.

— Qu'est-ce que tu dis? Est-ce qu'on ne peut pas s'arrêter quand on veut?

Jacques rougit, pâlit, bien malheureux de ne pouvoir expliquer.

— Voyons que je te tâte le pouls. Tu dois avoir la fièvre.

Mais Jacques n'a pas de fièvre.

— Cependant, tu dois être malade. Rentre chez toi et va te coucher. J'irai te voir après l'école.

— Oh ! non, maître, non... Je ne suis pas malade, je vous assure... J'ai... j'ai couru très fort avant de venir... et j'ai eu bien chaud...

— Bon... Ne bouge pas de ta place alors, s'il te plaît... Je n'ai pas du tout envie de me faire défoncer encore un coup...

On continue la leçon, mais personne n'arrive à résoudre le malheureux problème... Il règne un grand malaise. Le maître lui-même est distrait et regarde souvent l'heure... Enfin, c'est fini... On s'en va bien vite...

Jacques et Jacqueline se retrouvent dans le petit jardinet.

— Quelle aventure, mon pauvre Jacquot !

— Oui, la fée nous l'avait bien dit... Il va falloir faire attention... Pauvre maître... j'ai failli lui faire bien mal...

Le lendemain matin, la vieille vint de bonne heure frapper à la porte du bon maître d'école.

— Bonjour, cher maître.

— Bonjour, Madame.

— Je suis la fée Vagabonde... Sachant combien vous aimez les voyages, je viens vous donner le moyen de parcourir le monde entier sans bourse délier.

— Est-ce possible?

Elle sort les bottes, répète au maître ce qu'elle a déjà dit aux enfants... Il essaie les bottes qui lui vont à merveille... Il est ravi !

— Que de belles choses je vais contempler ! Que de bonnes leçons je vais pouvoir donner !...

— A propos, maître, j'ai également donné des bottes à Jacques et à Jacqueline, qui sont de braves enfants.

— Vous avez bien fait... Ce sont mes meilleurs élèves.

— Je le sais... et puis, avec vous, ils ne perdront ni leur temps ni leurs pas.

— Ah ! qu'on va être heureux !...

— Adieu, maître. Dans un an, jour pour jour, je reviendrai chercher mes bottes...

— Dans un an ! Quel dommage !

— Ah ! il faut bien que d'autres en profitent.

— C'est vrai.

— Adieu donc...

Et elle disparaît.

— Voyons un peu ça, se dit le maître, après le départ de la fée... Il fait un pas... et va taper du nez en plein sur la muraille !...

Aïe ! aïe !

Il n'en voit que trente-six chandelles !

Il enlève rapidement ses bottes !

Pendant les heures de liberté, ils parcourent monts et vallées.

— Sapristi ! quelle bigne !... Mon pauvre nez, va !... Attends que je te mette une compresse... Ah ! je comprends ce qui est arrivé à ce pauvre Jacquot... Je n'oublierai pas la leçon...

Un peu plus tard, il va trouver Jacques et Jacqueline et leur apprend la bonne nouvelle. Ils sont enchantés...

Donc, à partir de ce jour, pendant les heures de liberté, ils parcoururent monts et vallées, le Nord, le Sud, l'Orient, l'Occident... Ils visitèrent d'abord la France, si belle, si riche, si variée, si remplie de beaux sites, de monuments superbes, de souvenirs glorieux... Ils virent ensuite l'Italie, l'Espagne, la Grèce, puis la Russie, la Scandinavie... tout, enfin... Ils prenaient un pays à la fois, où ils retournaient souvent afin d'en bien connaître les villes principales, les monuments, le nature, les trésors artistiques. Et leur maître leur faisait de longs récits sur l'histoire et les grands hommes de chaque nation...

Ils s'en allaient toujours, se tenant par la main ; puis, arrivés à leur destination, ils enlevaient vite leurs bottes, afin de visiter l'endroit où ils se trouvaient.

Un jour, arrivés au lac de Genève, ils s'asseyent au bord pour jouir quelques moments du beau panorama des Alpes... Ce jour-là, on ne sait par quelle distraction, ils oublièrent d'enlever leurs bottes. Après s'être bien reposés : « Allons donc de l'autre côté de l'eau, dit le maître. J'y aperçois des ruines qui paraissent intéressantes... » Ils se lèvent, avancent le pied... et flouc ! les voilà tous dans l'eau jusqu'aux oreilles !... Quelle trempette !

Ils barbotent, se démènent éperdument, enfin, arrivent à sortir, ruisselants comme des gouttières !

— Ah ! mes enfants !... Nous aurions dû donner un coup de talon pour traverser cette eau !...

Atchou ! Atchou ! C'est Jacqueline qui éternue !...

— Oh ! là là, gare les rhumes !... Vite, allons nous sécher dans le Sahara...

Ils courent à toutes jambes, et, le temps de le dire, les voilà au milieu du désert brûlant... Ils s'asseyent... En un instant, ils fument comme des chaudières !... Ah ! ça va être vite fait... Ils ont gardé leurs bottes pour les sécher aussi... Vient à passer une troupe de Bédouins qui s'approchent, regardent nos trois amis, et se disent dans leur langage : « Où ces veinards-là ont-ils trouvé assez d'eau pour se tremper de la sorte ? »

L'un d'eux montre sa langue desséchée par la soif, fait signe qu'il voudrait boire, nager même, enfin demande aussi clairement que par des paroles, où se trouve l'eau bienfaisante.

... Pas d'eau... pas d'eau !...

Le maître a bien compris. Il secoue la tête : « Non, non, pas d'eau ici. »

Le Bédouin s'imagine que le maître refuse de leur livrer le secret, et il commence à faire des gestes menaçants.

Le maître s'évertue : Pas d'eau, pas d'eau... »

L'autre comprend de moins en moins. Il roule des yeux féroces, gesticule, fait signe enfin à ses compagnons qui arrivent tous, leur grand sabre au clair !...

— Filons, mes enfants !

Ils font juste un pas...

... et se trouvent dans une autre partie du désert...

Ils s'installent de nouveau et l'étuvée recommence...

Ah ! qu'on est bien !...

Tout à coup, un effroyable rugissement !.. Un lion formidable se dresse devant eux !...

— Salut, roi du désert ! crie le maître, détalant avec les petits.

Et le roi du désert dut se passer de ce bon petit plat de France !...

Puis, une fois en sûreté : « Allons chez nous, tenez, ça vaudra mieux. Vous finirez de vous sécher chez moi...

Une autre fois, le maître, tout seul cette fois, voulant passer par-dessus un gros bourg, prend mal son élan et son habit s'accroche à la flèche de l'église... Voilà le pauvre homme suspendu et fort mal à son aise... Il appelle au secours... Les gens arrivent et voyant cet homme gigoter dans les airs : « C'est un voleur, disent-ils, un bandit. Il est allé se cacher là-haut pour échapper aux gendarmes. » Le maître gigote toujours... « Aidez-moi à me dépêtrer, nigauds. » « Attends un peu, brigand », répondent les villageois.. Tout le corps des pompiers arrive au pas de course, puis les gendarmes, puis le garde-champêtre... enfin les secours s'organisent, et après bien du mal, on finit par décrocher notre homme qui n'en peut plus.

— En prison, maintenant, en prison ! crie la foule.

— Mais oui, bien sûr !

Et hop ! il les plante là !...

Il fut fort ennuyé d'avoir déchiré son habit, mais le père de Jacques sut y faire une si savante reprise qu'il n'y parut point...

Un peu plus tard, sur la fin de leur année de voyage, s'étant rendus en Chine, ils s'arrêtent au bord d'un beau fleuve. De chaque côté de ce fleuve, un palais merveilleux.

Ces deux palais appartenaient, l'un au seigneur Ding-Dong, l'autre au seigneur Ping-Pong, deux grands dignitaires du Céleste Empire... Ces deux seigneurs, liés autrefois par la plus étroite amitié, s'étaient mis tout à coup à se détester, et il n'était tourments, tracasseries, vexations, qu'ils ne s'infligeassent l'un à l'autre. Ils ne pouvaient s'expliquer ce changement subit, s'en accusaient réciproquement et souffraient cruellement de cet état de choses.

Sur l'un de ces palais, nos amis avisent un joli petit toit plat qui domine un balcon.

— Allons donc nous reposer là.

A peine sont-ils assis qu'ils entendent des voix. Ils avancent la tête et aperçoivent s'avançant sur le balcon un homme d'âge mûr et une toute jeune fille... Ces personnes s'expriment en excellent français...

— Pour parler ainsi notre langue, murmure le maître aux enfants, ces gens doivent être de très grands seigneurs.

La jeune fille n'a pas l'air content.

— Mon père, j'ai à vous parler sérieusement.

— Prenez place, ma fille, je vous écoute.

— Mon père, je veux me marier...

— Voilà qui va bien... Aimez-vous quelqu'un?

— Oui.

— Voilà qui va encore mieux... Et qui est ce quelqu'un?

— Le prince Kanari...

— Le prince Kanari ! Le fils de mon mortel ennemi !... Jamais, jamais !

Un mauvais père, moi !...

— Oh ! ayez pitié !

— Non, non...

— Oh ! que je suis malheureuse !... Vous êtes un mauvais père !...

— Un mauvais père, moi !... Voulez-vous vous taire, petite effrontée !... Vous savez que chez nous, une fille doit accepter sans murmurer l'époux qu'on lui présente... et vous m'appelez mauvais père quand j'ai la bonté de vous écouter !... Mais si c'est pour entendre de pareilles sornettes et même des injures, pas un mot de plus...

— Oh ! mon père !...

— Sortez...

— Mon père, mon père, je vous en prie...

— Assez, assez...

— Je vous en supplie...

— Allons, taisez-vous, Kolibri... et sortez...

Et Kolibri sort, inondée de ses pleurs...

A peine est-elle dehors que se présente un troisième personnage à vilaine mine chafouine et qui s'avance avec des courbettes sans fin.

Ah ! c'est toi, Chafouni !... Tu me vois tout bouleversé... Je viens d'avoir une scène avec Kolibri !.. Imagine-toi que cette péronnelle-là s'est mis en tête d'épouser Kanari !...

— Quelle folie !

— C'est pire qu'une folie. C'est une monstruosité... A-t-on idée !.. Le fils d'un homme qui me poursuit sans cesse de sa haine implacable, irraisonnée; qui machine contre moi les plus vils et les plus noirs complots... lui donner ma Kolibri !.. Ah ! non, non...

— Vous avez bien raison, Sire.

— Où a-t-elle pu voir ce mirliflore-là?

— Ah ! je n'en sais rien, Sire... Mais ce que je sais, c'est qu'il faut être sur nos gardes, car le prince s'est mis en tête d'enlever la princesse, et pas plus tard que demain matin...

— Comment !... M'enlever ma fille !... Comme ça !... à ma barbe !... Ah ! c'est un peu raide !

— Hélas, Sire, c'est la vérité.

— Ah ! par exemple !... Mais je vais te pincer, mon petit Kanari !... Ah ! tu veux me souffler ma fille !... Eh bien, attends un peu !...

— M'autorisez-vous à le faire arrêter?

— Mais comment donc, je te l'ordonne !... Et jette-le-moi aux fers !...

— Il vaudrait mieux l'exécuter, l'égorger, en finir tout de suite...

— Ah ! non, non... ça, c'est terrible... Enfermons-le d'abord, on verra après.

— Comme vous voudrez, Sire.

— Va, ne perds pas un instant, mon bon, mon cher; mon meilleur ami... Sans toi, que deviendrais-je?... Tu vois tout, tu entends tout... tu es la sagesse en personne, tiens... Ah ! comment jamais reconnaître ce zèle incomparable?

— Vous me comblez de vos faveurs, Sire...

— Tu les mérites bien... Mais va, mon ami, va où ton devoir t'appelle...

— Ne dites rien à personne de toute cette affaire...

— Sois sans crainte.

Chafouni sort. Quelques instants après, nos amis l'aperçoivent en compagnie d'un homme à mine rébarbative. Tous deux se glissent dans une allée sombre et se dirigent au bout du jardin.

— Allons donc voir ce qu'ils mijotent, dit le maître.

Un coup de talon, et les voilà installés sur le mur du jardin et cachés par le feuillage épais d'un arbre sous lequel s'entretiennent nos compères.

— Tu as compris?... Dès qu'il entrera, tu l'égorgeras.

— Égorger le prince Kanari !

— Que veux-tu !... Il a l'audace d'enlever la princesse !...

— Est-ce l'ordre du seigneur Ding-Dong?

— Mais naturellement, voyons !... Est-ce que je prendrais sur moi...?

— Alors, il faut que j'obéisse... Mais c'est vraiment triste d'égorger un si charmant jeune homme...

— Quoi donc, bourreau !... Deviendrais-tu sentimental, par hasard?...

— Non, mais...

— Allons, allons, va, mon ami... Que ton petit cœur fonctionne en paix... Et tu sais, tu seras bien payé.

L'homme s'éloigne... Chafouni, resté seul, entre dans un petit kiosque d'où il sort cinq minutes plus tard, complètement déguisé... Il descend vers le fleuve, entre dans une petite barque et rame de l'autre côté de l'eau. Là, il met pied à terre et se dirige vers le palais de Ping-Pong.

— Traversons, nous aussi.

Dans un salon, dont les immenses fenêtres toutes grandes ouvertes donnent sur une belle terrasse, ils aperçoivent un homme devant lequel chacun s'incline. C'est Ping-Pong.

Sur la terrasse, de beaux orangers, des arbustes fleuris. Nos amis se cachent derrière et écoutent.

Ping-Pong est entouré de ses ministres, auxquels il donne des ordres. Bientôt, les ministres se retirent. Seul, un jeune seigneur reste.

Dans l'air calme et pur, chaque parole retentit claire et distincte.

— J'ai à vous parler, Kanari, dit le roi.

— Bien, mon père.

— Jeune homme, j'ai appris sur votre compte des choses qui m'ont vraiment contrarié.

— Qu'y a-t-il donc?

— Vous aimez, paraît-il, la princesse Kolibri?

— C'est vrai.

— Je vous défends d'épouser la fille de ce sacripant qui fait de ma vie un enfer..

— Mais vous-même, mon père, ne cessez de le tracasser !...

— Il faut bien que je me défende !...

— Ah ! mon père... cessez vos querelles... tendez-lui la main...

— Impossible, impossible, avec un homme pareil !.. C'est un monstre, une bête féroce...

— Songez à notre bonheur... Soyez père avant tout... Unissez-nous...

— Non, non...

— Ah ! si vous voyiez la princesse Kolibri !... Cet ange... cette perle... cette merveille... cette...

Un homme âgé devant lequel chacun s'incline : C'est Ping-Pong (page 46).

— Oh ! assez, assez, miséricorde !... Mais, où l'avez-vous donc vue pour en parler ainsi?

— De loin seulement... sur son balcon... Ah ! mon père... elle est si belle... si...

— Silence, pas un mot de plus... Jamais, jamais, elle ne sera à vous... Portez ailleurs vos sentiments.

— J'en mourrai !...

— Oui, moi aussi... En attendant, déménagez !...

Le prince s'éloigne. Ping-Pong sort également, en claquant les portes.

Peu après, on entend des voix qui sortent d'un appartement voisin... C'est le prince avec Chafouni !...

— Ah ! que je suis heureux de te voir, Chafouni !... Je suis désespéré... Mon père est inflexible...

— Prince, j'ai à vous proposer quelque chose.

— Voyons.

Prince, j'ai à vous proposer quelque chose...

— Venez au palais du seigneur Ding-Dong, parlez-lui, plaidez votre cause.

— Impossible, impossible. Il me hait mortellement. J'exposerais inutilement ma vie.

— Ne craignez rien, je serai là... Et cette preuve de courage lui plaira... Vous arriverez ainsi à le fléchir, peut-être...

— Tu as raison. Je ne vois d'ailleurs aucun autre moyen... Je l'essaierai donc...

— Vous êtes brave, prince... Je suis fier de vous servir...

— A quand l'affaire?

— Demain, au lever du jour, je viendrai vous prendre.

— Au lever du jour! Mais ce n'est pas l'heure de voir Sa Seigneurie!...

— Non, mais le temps d'arriver au palais, d'arranger tout... tout ça prendra bien un petit moment...

— Bon, c'est très bien. Je serai prêt.

— Trouvez-vous à la petite porte, près du fleuve.

— Oui... Ah! mon cher Chafouni, comment jamais récompenser ton dévouement?...

— Ne parlons point de ces choses, prince... J'ai pour vous une affection sans bornes!... Votre joie sera ma joie...

— Oh! mon ami, mon ami!.. Attends une minute, je veux te donner...

— Non, non...

— Si, si... Attends.

Et le prince sort.

Le maître et les enfants, de leur cachette, entendent non seulement tout ce qui se dit, mais voient aussi tout ce qui se passe.

A peine le prince a-t-il fermé la porte, que Chafouni lui tire la langue dans le dos, se met à danser comme un fou, se frotte frénétiquement les mains, donne enfin tous les signes d'une joie délirante.

— Ah! ah! ah!.. nigaud, va! dit-il tout haut, ne se croyant pas entendu... Ah! ah! ah! Demain matin tu piqueras une tête au fond du fleuve avec une pierre au cou... Et moi, moi, moi, Chacha... foufou... nini... j'épouserai Koko... lili... bribri!... Et puis, plus tard, Ding-Dong ira te faire compagnie!... Et je serai le grand maître de tout!... Ah! ah! ah!... Vive le Seigneur Chafouni!...

Le prince arrive avec une bourse remplie d'or.

— Tiens, prends toujours ce tout petit gage de ma reconnaissance infinie.

— C'est trop...

— Jamais assez, jamais assez... car il n'est point sur terre d'ami plus loyal, plus fidèle...

Chafouni s'en va...

— Allons vite prévenir le père de Kolibri, s'écrie le maître... car si je parle à ce petit blanc-bec, il est tellement entiché de sa Kolibri et de son Chafouni qu'il ne voudra pas m'écouter... Quant à son royal papa, je ne sais où il est passé.

Ils vont de nouveau sur le petit toit plat dominant le balcon... Ding-Dong n'a pas bougé... Le maître se penche :

— Hé ! Sire, Sire !.. fait-il.

Ding-Dong sursaute, lève les yeux et aperçoit une bonne figure décorée de lunettes et encadrée de cheveux blancs; puis, de chaque côté, une frimousse d'enfant.

— Qu'est-ce que vous faites là?

— N'ayez crainte, Sire, nous sommes vos amis.

— Mais...

— Pardonnez-nous, Sire, de nous présenter ainsi... mais nous avons à vous dire un secret terrible...

— Mais enfin... on n'entre pas comme ça chez les gens !... Qui êtes-vous d'abord?

— Un maître d'école et deux de ses élèves.

— Mais d'où venez-vous?

— De France.

— De France !... Du beau pays de France !...

— Oui, Sire.

— Ah ! ça change tout, alors... Descendez par ce petit escalier, là, au bout de la terrasse.

Les voilà devant Ding-Dong.

— Mais comment vous trouvez-vous ici, en plein cœur de la Chine?...

— Ah ! Sire, c'est un secret que je ne puis vous révéler, mais ces enfants et moi possédons pour quelque temps le moyen de nous transporter en un clin d'œil partout où nous voulons.

— C'est une drôle d'histoire, tout ça... Mais enfin, vous m'avez l'air d'un si brave homme que je veux bien vous écouter... Voyons, de quoi s'agit-il?

— Sire, il se passe autour de vous des choses effroyables.

— Ah ! ah ! Quoi donc?

— Voici... Ce Chafouni que vous semblez porter aux nues est un monstre, un traître, qui vous trompe abominablement.

— Chafouni !... Allons donc !... Je n'ai pas d'ami plus fidèle...

— Détrompez-vous, Sire.

— C'est impossible, impossible... Chafouni, un traître !...

— Hélas, oui.

— Enfin, voyons, que lui reprochez-vous?

Le maître raconte en détail ce qu'il vient de voir et d'entendre.

— Assassiner Kanari !... et puis moi !.. Pour me déloger !.. Ah ! mais... c'est épouvantable !...

— C'est bien le mot, Sire... Ah ! c'est un homme adroit !... Il a mis la discorde entre vous et votre voisin pour rendre impossible toute union entre le prince et la princesse.

— Quelle histoire !... Je crois rêver !... Mais n'est-ce pas toi qui me trompes?...

— Ah ! Sire, avons-nous l'air de méchantes gens?

— Ah ! non, c'est certain... mais Chafouni non plus...

— Oh ! que si... voyez donc ces yeux faux !...

— C'est vrai, c'est vrai... Il fait trop de courbettes aussi... Enfin, voyons, qu'allons-nous faire?

— Si j'étais vous, Sire, j'irais tout de suite chez votre voisin... Vous vous expliquerez, et vous verrez que tout finira bien.

— Eh bien, oui, je suivrai votre conseil, et je découvrirai si vraiment Chafouni est coupable... Mais s'il ne l'est pas !...

Le maître se contente de sourire...

— Montez sur mon dos, Sire, nous allons vous conduire.

Un coup de talon et ils arrivent tous quatre sur la terrasse, devant Ping-Pong, qui manque d'en tomber à la renverse... Le prince est là aussi, les yeux rouges comme un coucou, car il est revenu implorer son père, en vain, bien entendu.

— Comment... toi chez moi, Ding-Dong !...

— Oui, Ping-Pong... Écoute... je ne t'ai jamais voulu du mal...

— Mais ni moi non plus, Ding-Dong.

— C'est ce que je viens d'apprendre... Et sais-tu?... C'est ce bandit de Chafouni qui nous brouille, afin d'arranger ses petites affaires !...

— Qu'entends-je?

— Écoute plutôt ce bon maître d'école qui vient de découvrir le pot-aux-roses...

Et quand le maître a terminé son récit :

— Ah ! le misérable ! s'écrie Ping-Pong...

Et les deux seigneurs se serrent la main...

— Ainsi, c'était ce coquin qui manigançait toutes ces méchancetés !...

— Oui, mon cher...

— Ah ! nous allons l'attraper, le drôle !... Et c'est nous qui l'attendrons à la petite porte.

— Oui, oui, nous l'attendrons, avec vingt guerriers armés jusqu'aux dents.

— Alors, Sire, dit le prince, s'avançant vers Ding-Dong... alors, je puis compter sur la céleste Kolibri?...

— Mais comment donc !... Elle est à toi, mon cher enfant !

— Ah ! quelle félicité à nulle autre pareille ! s'écrie Kanari, transporté.

Ils voudraient tous causer, mais le maître s'avance vers Ding-Dong.

— Pardon, Sire, il faut que je vous ramène, car il se fait tard; nous sommes absents depuis quelques heures, et le papa de ces enfants pourrait s'inquiéter.

— Mais vous pouvez partir, mon ami, Ping-Pong me fera reconduire.

— Ce ne serait pas prudent... Vous pourriez être vu par Chafouni... Et la mèche serait éventée...

— Tu as raison. Je te suis donc... Mais auparavant, il faut que j'embrasse mon cher Ping-Pong.

Les voilà dans les bras l'un de l'autre qui se versent dans le cou des larmes de bonheur !... Puis, Ding-Dong s'agrippe au maître... et houp ! on est de l'autre côté...

— Adieu, Sire.

— Adieu, mon vieux cher maître... Adieu, mes petits enfants... Ah ! attendez une seconde !...

Il court à un buffet, puis revient chargé de sucreries dont il bourre les poches des enfants. Puis, il les embrasse sur les deux joues.

— Vous reviendrez demain, surtout !

— Oui, oui !................

Le maître reconduit les petits chez eux, car il fait nuit noire.

— Vous êtes bien en retard, maître Anselme...

— Ah ! nous avons été retenus... Il y a toujours tant de choses intéressantes.

— Mais oui, mais oui...

— Et tenez, demain, comme c'est jeudi, nous partirons de très bonne heure... si vous le permettez...

— Mais bien sûr !... Ça leur fait du bien, à ces petits... Et vous êtes bien bon de vous occuper d'eux. Nous, nous n'avons pas le temps...

Le lendemain, ils se rendent d'abord chez Ding-Dong, qu'ils transportent chez Ping-Pong. Puis, c'est le tour de Kolibri, qui rayonne de bonheur.

Les voilà tous à la petite porte, ainsi que les guerriers.

On frappe.

— C'est toi, Chafouni?

— Oui, prince. Venez vite, on vous attend avec impatience.

Le prince ouvre... Les guerriers se jettent sur Chafouni, l'empoignent, le ligotent et le posent à terre ficelé comme un paquet.

— Au secours ! au secours ! crie-t-il.

— Voilà, voilà ! répondent nos deux seigneurs qui s'avancent bras dessus, bras dessous.

— Je suis perdu ! fait Chafouni en les voyant.

— Tu l'as dit, coquin... Nous savons tout.

— Grâce ! grâce !...

— Qu'allons-nous en faire?

Chacun dit son mot.

— Et vous, cher maître, que proposeriez-vous?

Les Guerriers se jettent sur Chafouni (page 54).

— J'ai dans l'idée le cœur du Sahara, dans un petit endroit que nous connaissons... Il pourrait être utile aux rois du désert !...

— Et à quand le voyage ?

— Mais à l'instant !

— C'est bien loin...

— Oui, j'en aurai pour un bon quart d'heure.

En effet, ils sont à la frontière du Thibet.

— D'un coup de talon, je serai de l'autre côté de l'Himalaya. Et il y a pas mal de mers.. et puis l'Atlas...

— Allez-vous pouvoir le porter?

— Oh ! un gringalet comme ça, ça ne pèse pas lourd... Enfin, si je ne peux pas, je reviendrai, voilà tout... Et on cherchera d'autres moyens.

On lui attache Chafouni sur le dos, en travers... et il part...

Pendant ce temps, les seigneurs, Kanari, Kolibri et les enfants, rentrés au palais, boivent du thé, installés sur des nattes... Et les petits parlent de leur village, de leur vie, de la pauvre petite école toute délabrée.

— Il faudra que nous allions voir ça, dit Kanari.

— Si nous y faisions notre voyage de noces ! s'écrie Kolibri.

— Oui, oui, disent-ils tous... c'est entendu !...

Le temps passe. On commence à s'inquiéter, quand voilà le maître qui arrive comme une trombe.

— Ouf ! dit-il, s'effondrant sur la natte... Ça y est !... Mais je n'en peux plus !

— C'était dur?

— Ah ! oui... Enfin, c'est fait... Il a chaud, allez !... Et quel coquin !... Je lui coupais ses liens, moi, bien charitablement, quand, pour me remercier, il veut me plonger sa dague dans le dos !...

— Oh !...

— Heureusement, grâce à mes bonnes b... (il s'arrête juste à temps !), grâce à mon secret, la dague a piqué dans le sable...

15

— Heureusement, heureusement, maître...

On cause quelque temps, puis le maître se lève...

— Allons, mes petits, il faut rentrer...

— Attendez, attendez, vous allez déjeuner avec nous.

— Non, non, impossible, car je dois vous dire que le moyen secret dont je vous ai parlé expire demain. Pour ces enfants, il expire même aujourd'hui à deux heures moins un quart... Nous n'avons donc que tout juste le temps de rentrer...

— Mais vous aurez tout le temps... il n'est que midi...

— Non, non,... nous pourrions nous trouver retardés...

— Quel dommage !... Mais vous reviendrez demain pour les fiançailles ?...

— Impossible. J'ai mes classes. Le devoir avant tout.

— Oh ! maître... Pour une fois...

— Non, non...

— Enfin, puisqu'il le faut, adieu donc, cher bon maître, et merci, merci... Ah ! sans vous, que de malheurs fondaient sur nous !... Mais nous irons vous voir là-bas, soyez-en sûr... Nous ne vous oublierons pas...

Adieu ! adieu !...

Tout le monde s'embrasse............

Le lendemain, à l'heure exacte, la bonne vieille revient chercher ses bottes chez Jacques et Jacqueline. Le maître est là aussi et rend les siennes.

Ils remercient chaleureusement.Ils ont tant vu et tant appris... Ils ont pu faire du bien aussi.

— En effet, dit la vieille, vous avez fait des bottes le meilleur usage possible. Je suis contente de vous les avoir prêtées.

Elle cause un moment à part avec le maître, puis disparaît...

Un beau jour, Ding-Dong, Ping-Pong, Kolibri et Kanari arrivent au village et demandent la petite école. Tout le monde les y conduit, et l'on trouve le bon maître dans la toute petite salle, au milieu de ses élèves.

— Ah ! mes amis !

Du coup, on cesse la classe...

— Allez vous promener, mes enfants... C'est grande fête aujourd'hui !

En effet, ce fut très grande fête... Nos amis firent des visites... Ils allèrent partout : d'abord chez le tailleur et la vieille Babet qu'ils comblèrent de présents, puis dans toutes les maisons du village, et chez tous les malheureux. Ils avaient amené trois grands chariots remplis de toutes sortes de choses : vêtements, aliments, meubles, et beaucoup de gâteries

... Une jolie petite école toute blanche, tout enguirlandée...

aussi... Et personne ne fut oublié... Ensuite, tout le village fut invité à un grand repas sur l'herbe...

Et l'on prit une de ces parties !

Enfin, arriva bien trop tôt le moment du départ.

— Adieu, cher vieux maître... Et vous savez, nous allons vous faire bâtir une belle école... Celle-ci n'est pas digne de vous...

En effet, aux vacances suivantes, on vit tomber la vieille masure, et s'élever à la place une jolie petite école toute blanche, gracieuse, coquette, tout enguirlandée de rosiers grimpants et de lierre. On eut une belle salle bien claire avec de grandes fenêtres donnant sur un verger, et des bancs et des tables pour tout le monde... C'était charmant.

Dans ce décor si gai, on écouta mieux que jamais les leçons du vieux maître d'école. On les écouta d'autant mieux que la fée avait permis au maître de révéler le secret des bottes. Et chaque enfant rivalisa de zèle et de sagesse pour mériter ce moyen merveilleux de parcourir la terre.

LE TEXTE DE CET ALBUM A ÉTÉ TIRÉ
SUR LES PRESSES
DE L'IMPRIMERIE DE MONTLIGEON

LES CLICHÉS
GRAVÉS PAR TROUVÉ

LES AQUARELLES
PEINTES PAR LA MAISON NERVET

(11362)

IMPRIMERIE HENRY MAILLET, 3, RUE DE CHATILLON, PARIS.